Pulsions textuelles
et autres nouvelles

C'est à la souffrance qu'il faut déclarer la
guerre, et vous parlez un langage
universel, lorsque vous criez pitié et
justice pour les bêtes.

Émile Zola

à mes muses

Pulsions textuelles

Alors qu'elle trempait sa tartine de marmelade d'orange dans son thé à la bergamote, Dagmar Sing manqua d'être terrassée par une attaque quand elle découvrit l'annonce de sa disparition dans le journal, à la rubrique nécrologie. L'article décrivait comment l'autrice à succès, maîtresse du roman noir, avait été retrouvée gisant dans son sang à son domicile. L'enquête était en cours, mais la police n'avait aucun doute sur l'origine crapuleuse du crime. La victime avait été visiblement torturée avant de succomber, d'après le légiste. Le journaliste déclarait épargner les lecteurs de détails traumatisants et revenait sur la brillante carrière de l'artiste, sa vie, son œuvre. Sous le choc, Dagmar tentait de repêcher les morceaux de tartine qui avaient fondu dans sa tasse pendant qu'elle lisait. Elle s'adossa à sa chaise, inspira profondément et constata qu'elle n'était pas morte. Était-ce une plaisanterie ? Qui aurait assez de mauvais goût ? Elle but une gorgée, son thé froid lui confirma que ses sens étaient bien tous en état de marche, puis elle alluma son téléphone pour contacter un ami. Mike lui répondit qu'il était très occupé, mais quand elle lui apprit qu'elle était officiellement morte, il déclara : "Ne bouge pas, j'arrive."

Quelques minutes plus tard, Mike serrait Dagmar dans ses bras et tous deux se rassuraient d'être bien vivants. Passées les effusions, Dagmar confia à son ami :

- Promets-moi de ne le répéter à personne, mais depuis quelques temps j'ai observé des choses étranges. Il y a un mois environ, j'ai découvert un fait divers surprenant : un homme avait été tué à son domicile. Rien de plus banal tu me diras. Sauf que la manière dont il a été assassiné, je l'avais écrite la semaine précédente, dans une histoire affreuse, sans la diffuser à personne. Je n'y ai pas prêté attention sur le moment. Ce n'est que tout à l'heure que j'ai fait le lien.
- Tu veux dire que ce que tu écris se produit ? demanda Mike, incrédule.
- Exactement ! J'avais imaginé un assas-

sinat très violent, une femme qui tuait son mari, et c'est comme si le journal avait copié ma description. Regarde ! L'article ne décrit pas tout évidemment, mais lis cette page que j'avais écrite et tu verras qu'il s'agit de la même scène. J'espère que tu as le cœur bien accroché…

Mike découvrit l'article, un rapport succinct en effet, puis lut à haute voix le manuscrit de son amie : "La police retrouva l'homme sur le lit conjugal. Il baignait dans son sang, le corps lacéré de coups de couteaux. Sa femme ne supportait plus ses viols à répétition et, ce jour-là, elle avait caché deux couteaux sous les oreillers. Elle n'avait pas attendu que son mari la pénètre et avait vu son visage se crisper au premier coup de lame. Le regard de l'homme était passé d'agresseur frénétique à proie surprise. La femme n'avait pas compté le nombre de coups qu'elle donnait. L'œil implorant et les cris de l'homme ne pouvaient l'arrêter. Aucune fuite possible, elle le ceinturait avec ses jambes et frappait de toutes ses forces. Les lames perçaient la chair, s'enfonçaient dans les reins, perforaient les poumons. L'homme se débattait, frappait de ses poings, mais la femme était emportée par la force de sa rage. Bientôt l'homme cessa de résister. La femme continua de planter les couteaux mécaniquement. Puis, sentant le corps lourd sans vie l'écraser, elle le repoussa vigoureusement. Elle éclata en sanglots, couverte de sang et recroquevillée dans un coin de la chambre. Après un moment qui lui sembla interminable, elle reprit un peu ses esprits, se leva lentement et, voyant le corps déchiqueté, ne put s'empêcher de vomir. Enfin, elle quitta la pièce en se tenant aux murs et parvint à rejoindre la salle de bain pour aller prendre une douche. La police retrouva les couteaux, mais l'affaire fut classée, car la femme ne réapparut jamais."

Mike resta un moment sans voix, puis demanda :
- Tu me fais marcher, c'est ça ? Tu testes sur moi une idée pour ton prochain roman ?
- Non Mike ! S'il te plaît, concentre-toi et écoute moi. Je n'ai pas recopié ce

journal pour m'inspirer d'un fait divers et alimenter ma prochaine histoire, je te dis que c'est l'inverse qui s'est produit.

- Excuse-moi ma chérie, mais si la réalité dépasse ta fiction, je dois reconnaître que je suis un peu paumé.

- Aide-moi s'il te plaît. Prends cette pile de journaux et dis-moi si des articles te semblent étranges. Je dois vérifier si d'autres événements ont été influencés par mon imagination.

- Tu es certaine que tu vas bien ? Je me demande si tu ne fais pas une crise de mégalomanie aiguë ; c'est possible chez les auteurs à succès tu sais.

- Sois sérieux je t'en prie, j'ai besoin de vérifier si mon hypothèse est juste.

- Bon, très bien, conclut Mike en feuilletant les journaux sans trop y croire.

Pendant ce temps, Dagmar fouillait dans ses manuscrits, cherchant des situations que le journal aurait pu plagier. "Mais qui ferait une chose pareille, bon sang ?" se demandait-elle à voix haute.

Mike interrompit sa réflexion en tendant un article :

- Tiens, ça pourrait t'intéresser ça ! "Un ado a blessé mortellement sa petite sœur avec un cutter en voulant se protéger, alors qu'il montait au grenier après avoir entendu du bruit. La jeune fille, suivant discrètement son grand frère, l'a surpris et ce dernier s'est retourné en l'attaquant, pour se défendre, a-t-il déclaré aux enquêteurs."
- Non, cherche plus original, c'est malheureusement la réalité.

Dagmar écrivait souvent dans un état second, une sorte de transe, habitée par ses personnages. Elle réalisa en y pensant qu'elle était traversée par des sortes de pulsions textuelles. "Hum, ça ferait un bon titre", pensa-t-elle. Puis, sortant de ses feuillets un exemple pour appuyer sa théorie, elle le tendit à son ami en ajoutant :
- Voilà, cherche plutôt quelque chose dans ce goût-là.

Et Mike découvrit la description morbide de la torture d'un bourreau par une de ses victimes rescapées. L'évocation était d'un tel raffinement que des frissons le parcoururent.

- Tu n'as pas écrit ça quand même ?

- Qui d'autre d'après toi ?

- Je ne sais pas mais tu m'inquiètes.

- Oh, certaines de mes histoires les plus cruelles sont gentillettes par rapport à la réalité. Alors, ouvre les yeux un peu.

Après quelques instants de silence au cours desquels les deux amis cherchaient un indice, Mike s'exclama :

- Mais attends, si ça fonctionne dans un sens, peut-être que tu peux tenter l'inverse ?

- Comment ça ?

- Eh bien, si tu écris quelque chose de positif, cela se produira sans doute, non ?

- Je n'en suis pas certaine, mais je ne perdrai rien à tenter puisque je suis morte.

Le lendemain, Dagmar se réveilla dans un hamac, sous la frondaison de palmiers bordant une plage de sable blanc. "Mince, pensa-t-elle, j'ai oublié de décrire le serveur pour apporter mon cocktail."

Monsieur Sertoquet

Monsieur Sertoquet vit dans un appartement au dernier étage d'un immeuble avec ascenseur sur la presqu'île de Lyon. Il habite ce quartier depuis son enfance et, après le décès de sa femme, il s'est installé dans un logement plus petit à l'étage au-dessus. Leur appartement était parfait quand leurs enfants vivaient à la maison, mais lorsqu'il s'est retrouvé seul, M. Sertoquet s'est senti perdu au milieu de toutes ces pièces. Il a donc déménagé il y a dix ans, ne conservant que les meubles nécessaires à son confort et quelques souvenirs de cette vie de famille qu'il avait tant aimé partager avec celle qu'il appelait "ma douce moitié".

La vie de M. Sertoquet est simple. Il se lève tôt, déjeune peu, sort acheter un plat préparé chez le traiteur qu'il commence le midi et termine le soir. Il passe une partie de la matinée à lire le journal et écoute une émission médicale. La santé préoccupe beaucoup M. Sertoquet. Il a toujours eu une hygiène de vie impeccable, n'a jamais fumé et boit de l'alcool uniquement aux grandes occasions. Pourtant les hommes de sa génération, et notamment ses collègues de la chambre des métiers, aimaient discuter longuement après de copieux repas en sirotant leur digestif dans la fumée de longs cigares. M. Sertoquet ne s'attardait pas en général et s'excusait de leur préférer une promenade digestive sur les quais de Saône. À son départ en retraite, ces agapes n'ont pas manqué à M. Sertoquet, mais il a gardé le goût de la promenade qu'il pratique tous les débuts d'après-midi, en solitaire, comme toutes ses autres activités. Chaque jour aussi, M. Sertoquet prend sa tension et consacre un moment à vérifier que son corps est en bon état de marche. Il est conscient qu'à son âge, on change de peau, mais il tient à conserver son organisme en suffisamment bonne forme pour se prémunir des douleurs habituelles de ses semblables. Ainsi, lorsqu'on lui demande comment il va, il répond invariablement qu'il n'a pas à se plaindre. Pourtant, il se rend régulièrement chez son médecin, qui a le bon goût d'avoir installé son cabinet dans l'immeuble où M. Sertoquet habite. Le docteur le reçoit toujours aimablement, bien qu'il lui répète qu'il n'y a aucune inquiétude à avoir. "Vous avez une santé de nouveau-né", lui répète-t-il à l'issue de chacune de ses visites. M. Sertoquet retourne alors chez lui un peu déçu, mais soulagé quand même. Pour se changer les idées, il enclenche sa platine 33 tours sur l'enregistrement du *Prélude à l'après-midi d'un faune*, de Claude Debussy, et fait son ménage quotidien.

Ce matin-là, M. Sertoquet se réveille avec un léger mal de tête. Le cabinet du médecin n'ouvre qu'à 9 heures. "Je vais essayer de ne pas trop m'alarmer", songe-t-il en prenant une aspirine, mais la désagréable sensation s'installe. Pas de petit-déjeuner ce matin, même frugal. Cette migraine lui coupe l'appétit, d'autant plus qu'il n'est pas habitué à ce genre de douleur. C'est lancinant. En attendant que le cabinet ouvre, il descend acheter le journal, mais les nouvelles ne parviennent pas à le divertir de sa préoccupation. La lumière du jour l'agresse au point de le décider à tirer les rideaux pour plonger l'appartement dans une pénombre apaisante. M. Sertoquet s'assoit dans son fauteuil et ferme les yeux dans le silence. Les minutes passent, égrainées par le balancier de l'horloge familiale héritée de sa femme. Si elle avait été encore de ce monde, sa "douce moitié" l'aurait rassuré. Elle lui aurait sûrement proposé une tisane, mais il n'en a pas envie et il aurait refusé, en la remerciant de prendre soin de lui.

L'horloge le sort de sa rêverie en sonnant neuf coups. Il se lève et attrape son par-dessus dans l'entrée, puis quitte son appartement et entre dans l'ascenseur. Arrivé à l'étage du médecin, il sonne et entre. La salle d'attente est vide. Il saura bientôt de quelle maladie il souffre. Il s'assoit et attend. M. Sertoquet n'aime pas feuilleter les magazines tripotés par tout le monde. Il préfère attendre sans rien faire, les mains posées sur ses genoux. Il patiente quelques instants puis la secrétaire médicale ouvre, surprise :

- Bonjour M. Sertoquet, vous n'aviez pas rendez-vous aujourd'hui, vous allez bien ?

- Non, j'ai mal à la tête et j'ai hâte que le docteur m'examine.

- Bien sûr, entrez s'il vous plaît.

- M. Sertoquet, que puis-je pour vous ?

- Bonjour Docteur, j'ai mal à la tête depuis le réveil.

- Cela vous arrive souvent ?

- Vous savez bien que non !

- Question de routine. Vous avez fait quelque chose de particulier hier ou cette nuit ? Mangé ou bu différemment de vos habitudes ?

- Non, rien de spécial.

- Bien, permettez que je vous ausculte ?

- Bien sûr, je vous en prie.

S'en suit un examen dans les normes, à l'issue duquel le médecin déclare qu'il ne constate rien d'anormal. Il prescrit à M. Sertoquet de l'aspirine et l'invite à revenir le voir si le mal persiste.

M. Sertoquet rentre chez lui déçu. Il aurait préféré nommer son mal. Ce manque de précision l'ennuie beaucoup.

Et si c'était plus grave qu'il n'y paraît ?
M. Sertoquet décide de n'inquiéter personne et préfère ne pas prévenir ses
enfants. Cependant, il commence une
liste de ce à quoi il doit songer au cas où
sa fin serait proche. Il possède peu de
choses, mais il convient de décider comment répartir ses biens afin que ses
enfants n'aient pas à s'en soucier lorsqu'il ne sera plus de ce monde.
Curieusement, cette réflexion n'attriste
pas M. Sertoquet. Il lui semble même
que cette occupation le distrait de son
mal de tête. Ainsi passe-t-il la matinée à
cette tâche. La suite de la journée se dé-
roule alors normalement et M. Sertoquet s'endort paisiblement le soir venu.

Le lendemain matin, le mal de tête est
plus fort que la veille. À tel point que
M. Sertoquet manque de perdre l'équi-
libre en sortant de son lit. Par ailleurs, il
a du mal à faire la mise au point et sa
vue embrouillée ne lui permet pas de lire
l'heure sur son réveil, même après avoir
retrouvé ses lunettes. Il allume la radio
et reconnaît son émission médicale. Il a
donc dormi plus tard que d'habitude. Ce

n'est pourtant pas son genre de traîner au lit. Profitant de son élan, malgré sa tête lourde et sa vue basse, il s'habille et descend chez le médecin. L'attente est longue car de nombreux patients sont déjà installés. M. Sertoquet prend son mal en patience, mais il sent la douleur monter comme si sa tête et ses yeux étaient serrés dans un étau.

- Monsieur Sertoquet, vous m'entendez ?

Le médecin est penché sur lui. M. Sertoquet constate qu'il est allongé dans la salle d'attente et se demande ce qu'il fait là.

- Ne bougez pas, s'il vous plaît. Vous avez fait un malaise.
Les autres patients font cercle et M. Sertoquet comprend à leurs regards et leur silence qu'ils sont inquiets pour lui.
- Ça va aller, merci, parvient-il à chuchoter, mais son visage se crispe.
- Encore ce mal de tête M. Sertoquet ?
- Oui, c'est infernal.
- Restez tranquille, ma secrétaire a appe-

lé les urgences, ils vont vous emmener pour vous examiner.

- Merci docteur.

- Je vous en prie.

Ah, justement, les voici.

À l'hôpital, M. Sertoquet est pris en charge pour une série d'observations, à commencer par un scanner qui révèle la présence d'une tumeur au niveau des méninges. Un médecin explique à M. Sertoquet qu'il s'agit d'un méningiome.

- La tumeur s'est probablement développée lentement, c'est pourquoi vous ne la découvrez que maintenant. Elle est suffisamment importante pour provoquer des maux de tête et c'est probablement la douleur qui est à l'origine de votre malaise vagal. Par ailleurs, comme elle est localisée près du lobe occipital, elle comprime sans doute cette zone et provoque les problèmes de vue dont nous a parlé votre médecin lorsqu'il nous a transmis votre dossier.

- Bref, j'ai une araignée au plafond !

- J'apprécie votre humour, M. Sertoquet,

mais je dirais plutôt un crabe, et nous allons faire en sorte de le déloger de là pour qu'il arrête de vous embêter.

- C'est gentil, docteur, mais je vous remercie d'avance pour votre franchise… Combien de temps pensez-vous qu'il me reste à vivre ?

- Difficile de répondre avec certitude. D'après l'ampleur de la tumeur et notre bonne expérience de ce type de traitement, je dirais que nous avons une chance sur trois de réussir rapidement à vous soigner. Si nous échouons, la tumeur se développera encore et réduira d'autant vos chances de rémission. Nous allons donc opérer dès que possible.

- À la bonne heure ! Je m'en remets à vous. Permettez que je prenne une journée pour régler quelques affaires ?

- Bien sûr, mais revenez vite, nous traiterons votre cas en priorité.

M. Sertoquet consacra donc la journée du lendemain à rédiger ses dernières volontés qu'il adressa à son notaire. Puis il écrivit une lettre à ses enfants. Ce fut son dernier message.

"Mes chers enfants,
je n'ai pas souhaité vous inquiéter et je pense que l'opération que je m'apprête à subir se passera bien. Cependant, au cas où, je préfère vous éviter des soucis et j'ai pris mes dispositions auprès de mon notaire qui se chargera de vous transmettre mes dernières recommandations. Je ne vous laisse que peu de choses, mais la vente de mes biens vous offrira un peu d'argent de poche. Je tiens à vous redire que je vous aime et que je suis fier de vous. J'aurais aimé vous laisser une surprise agréable, mais ce cancer m'a pris de court et je n'ai pas eu d'idée originale avant de me lancer dans cette aventure. Qu'importe, je vous retrouverai sans doute très bientôt et nous pourrons rire de tout cela.
Affectueusement,
Papa."

Le jour de l'opération, M. Sertoquet se rendit à l'hôpital en ambulance, son mal de tête ne lui aurait pas permis de se déplacer par ses propres moyens. Le chirurgien et son équipe l'accueillirent courtoisement. La préparation fut rapide, l'anesthésiant efficace. Tout se passait bien. Une infirmière avait rasé de près le crâne de M. Sertoquet et au moment de s'endormir, une pensée le fit sourire : "Ils auraient pu me mettre un bonnet quand même !" Il se souvint alors de l'aîné de ses enfants à sa naissance qui portait un petit bonnet rouge après l'accouchement. Ce fut la dernière image consciente qui s'imprima dans l'esprit de M. Sertoquet pendant qu'il s'endormait. Déjà, l'équipe s'affairait sur son crâne. Les outils ouvrirent la boîte crânienne. Puis, alors que le chirurgien s'attendait à voir une tumeur de taille légèrement plus grosse que celle révélée au scanner, il constata qu'elle avait doublé de volume et avait pris un aspect curieux. Il procédait avec une extrême délicatesse.

Il attrapa la forme inhabituelle et la retourna.

Il n'en croyait pas ses yeux, dans sa main il tenait un fœtus parfaitement formé qui profita que toute l'attention était portée sur lui pour pousser son premier cri.

Dolorès

Le mensonge est ancré dans les gènes de Dolorès. Son premier souvenir remonte à la maternelle où, jalouse d'une camarade préférée par la maîtresse, elle lui avait dérobé un crayon *Hello Kitty*. Les pleurs de la petite avaient gagné plusieurs élèves et, après quelques recherches, personne ne s'était dénoncé, mais un enfant avait retrouvé l'objet au fond de la poubelle à papiers. Dolorès n'avait eu aucun remord et oublia vite cet épisode. Plus tard, quand ses résultats scolaires ne lui convenaient pas, elle falsifia ses notes. Lorsque l'enseignante s'en aperçut et lui demanda des explications, Dolorès se contenta d'hausser les épaules et décida que désormais elle aurait toujours de bonnes évaluations pour éviter d'avoir à se justifier de tricher. Une autre fois, sa mère ne trouvait plus son rouge à lèvres et demanda à Dolorès si elle l'avait vu. Elle répondit que non et, une fois dans sa chambre, vérifia que sa boîte à secrets était bien fermée. Elle l'ouvrit et constata que tout y était :

le briquet en argent de son grand-père, la broche en or de sa grand-mère, un bouton de manchette nacré, un bracelet en caoutchouc multicolore, une bague en toc imitation diamant et le rouge à lèvres de sa mère.

Dolorès avait compris que son comportement était malhonnête, mais ne s'arrêta pas pour autant. Au collège, elle fit courir le bruit que le principal avait une relation avec la prof de maths que Dolorès détestait. Personne ne sut jamais d'où était partie la rumeur, mais l'enseignante fut très affectée par cette histoire, car son mari douta de sa fidélité et elle décida de demander sa mutation dans un autre établissement. Ainsi, la vie de Dolorès était-elle ornée de trophées de mensonges et de menus larcins.

Pourtant, sa famille, ses amis et ses professeurs s'accordaient à dire que Dolorès était une enfant sage, polie, discrète, voire effacée, mais qui, avec le temps, s'était mise à participer avec enthousiasme à tout ce que la vie lui offrait. Dolorès devenait en effet une enfant présente et active, le genre de fille qu'on n'imagine pas faire des bêtises. Lorsqu'elle rencontra son premier petit ami, les parents de ce dernier étaient ravis pour leur fils qu'une si adorable jeune fille ait jeté son dévolu sur leur garçon. La mère de ce dernier déclara à sa voisine : "C'est une bonne petite, on lui donnerait le Bon Dieu sans confession". Dolorès grandissait donc sereinement avec deux visages, celui de la jeune fille exemplaire et une identité ignorée de tous que chacun aurait facilement qualifiée de malsaine.

Au lycée, Dolorès profita de ses apprentissages en sciences pour mettre au point un procédé simple mais ingénieux pour emballer les petites pièces de monnaie et les faire passer auprès des distributeurs de sucreries pour les pièces attendues par les machines de l'établissement. Elle offrait ainsi régulièrement des friandises à ses amis, sans abuser du stratagème pour ne pas attirer l'attention. Les entreprises en charge des distributeurs découvrirent pourtant la supercherie, et l'affaire fit grand bruit, car d'autres machines en ville contenaient de fausses pièces. Dolorès cessa immédiatement ce petit jeu et personne ne découvrit l'auteure de cette arnaque. Elle continuait, par ailleurs, de mener une vie anodine et sans éclat, donnant à ses parents l'impression qu'elle suivait leur exemple et se développait à leur image. Ils la chérissaient, l'encourageaient à poursuivre ses études et admettaient modestement que tout allait bien, à ceux qui leur demandaient comment grandissait leur fille.

Lorsqu'elle fut en âge de quitter le nid familial, Dolorès s'installa au centre-ville et rendait visite à ses parents de temps en temps. Elle adopta un petit chien qu'elle promenait chaque jour dans le quartier. Un soir, alors qu'elle rentrait à la maison, elle constata, en s'apercevant dans une vitrine, que son image était moins nette que celle de son chien. Saisie d'effroi, elle se précipita chez elle et vérifia son reflet dans le miroir de la salle de bain. Ses contours semblaient plus flous. "Qu'est-ce que c'est que ce délire ?", se demanda-t-elle. Elle passa un moment assise sur son canapé, l'esprit confus. Que faire ? D'abord abattue, elle commença à rationaliser. "C'est sûrement un problème de vue", pensa-t-elle. "Je vais prendre rendez-vous chez un ophtalmo et, avec des lunettes, j'y verrai mieux", conclut-elle, avant d'appeler un spécialiste de son quartier dont la secrétaire lui répondit : "Passez demain à 11h, un créneau s'est libéré".

Dans la soirée, elle avait convenu de retrouver une amie pour assister au vernissage d'une expo de portraits à l'aquarelle. À son arrivée, elle aperçut son amie dans la salle et lui fit signe avant de la rejoindre. Cette dernière discutait avec une personne qu'elle ne connaissait pas et fut surprise quand Dolorès arriva. "Oh ! Salut ma belle, je ne t'avais pas vue arriver". Elle fit ensuite les présentations, mais son interlocuteur ne prêta pas attention à Dolorès. Elle essaya de ne pas montrer son incompréhension, mais de toute façon, les autres ne s'occupaient déjà plus d'elle, comme si elle n'avait jamais été là. Plusieurs fois dans la soirée des gens la bousculèrent. On ne la voyait pas. Elle rentra tôt, chamboulée. Arrivée chez elle, son répondeur contenait un message de son amie, inquiète de ne pas l'avoir vue au vernissage. "C'est une blague ?", se demanda-t-elle tout haut. Mais seul le silence de l'appartement lui répondit. Même son chien ne semblait pas l'avoir entendue. Elle décida alors de se coucher, espérant que la nuit clarifierait cette situation et que le lendemain elle se réveillerait normalement.

Dans son sommeil, cette situation étrange hanta ses rêves. Elle se revoyait enfant, cacher le crayon *Hello Kitty* dans la poubelle, falsifier ses notes, et elle flottait au milieu d'objets projetés contre elle : un tube de rouge à lèvres, un briquet en argent, une broche en or, un bouton de manchette nacré, un bracelet en caoutchouc multicolore, une bague en toc, de fausses pièces de monnaie, etc. Toutes les bêtises qu'elle avait commises lui revenaient, et plus elle commettait de mauvaises actions, plus elle s'effaçait. Soudain elle se réveilla en sursaut, trempée de sueur. "Je suis victime d'hallucinations ! À moins que quelqu'un m'ait démasquée et qu'il ait décidé de faire justice en me jetant un sort. Puisque je suis une voleuse, il va voler ma vie et me faire disparaître ! Non voyons, les mauvais sorts n'existent pas", tentait-elle de se raisonner.

Pendant ce temps, son chien semblait la chercher. Il avait faim sans doute. Dolorès se leva pour aller lui donner sa pâtée. Seulement, lorsqu'elle voulut ouvrir le placard, sa main ne parvint pas à saisir la poignée. Son corps devenait transparent ! Son chien aboyait maintenant, cherchant sa maîtresse dans tout l'appartement et réclamant à manger. "Taistoi !" lança Dolorès, mais l'animal ne l'entendait pas plus qu'il ne la voyait. "Je vais prendre une douche, j'y verrai plus clair après." Lorsqu'elle passa devant le miroir, elle ne put se retenir de crier. Son image n'y était plus. "C'est donc ça ? Je me volatilise parce que j'ai trop volé et menti ? Quelle horreur ! Je peux me racheter, je le promets !" Dolorès le pensait vraiment, elle avait rarement été aussi sincère. Son esprit énumérait à une

vitesse folle tout ce qu'elle allait resti-
tuer. "C'est décidé, je ne dirai plus que la
vérité !" Hélas, sa prise de conscience
arrivait trop tard. Les aboiements du
chien avaient alerté les voisins qui
avaient prévenu la police. Les pensées
de Dolorès volèrent en éclat quand la
porte de son appartement fut enfoncée.
Le chien en profita pour s'enfuir et les
policiers constatèrent rapidement que
l'appartement était vide, malgré l'agita-
tion et les cris de Dolorès qu'ils ne
pouvaient ni entendre ni voir. Ils réus-
sirent à informer ses parents de la
situation et, après quelques jours d'attente, dans l'espoir que Dolorès réap-
paraisse, ils finirent par afficher son
image dans les rues, avec l'inscription :
Portée disparue.

Djibril

Djibril passe beaucoup de temps sur la route. Attaché commercial d'une entreprise aux nombreuses filiales implantées partout en France, il sillonne le pays pour signer des contrats avec des clients exigeants. Quand il conduit, il alterne les moments de silence, les coups de fil et les émissions musicales.

Un matin, il quitte sa chambre d'hôtel, règle sa nuit à la réception, pose sa valise dans le coffre de sa voiture de fonction et s'installe derrière le volant. Il met le contact, manœuvre pour sortir du parking et prend la direction de son prochain rendez-vous, chez un client qu'il connaît depuis des années. C'est comme s'il rendait visite à un vieux copain. Ils vont parler affaires en fin de matinée, conclure un accord, puis ils iront déjeuner au restaurant pour fêter ça. Djibril aime ce métier. Ses clients et ses collègues l'apprécient. Il sourit en conduisant. Le paysage est légèrement brumeux, mais la voiture avance à bonne allure sur l'autoroute. Les pensées de Djibril vagabondent sans qu'il s'en préoccupe.

Tout à coup, un éternuement retentit derrière son siège. Djibril freine brusquement et s'arrête sur la bande d'arrêt d'urgence, se retourne et constate qu'un enfant est pelotonné au pied de la banquette arrière. Comment ne l'a-t-il pas vu en entrant ? Il ne faisait pas encore assez jour sans doute.

- Qu'est-ce que tu fais là toi ?
- S'il vous plaît monsieur, emmenez-moi avec vous !
- Et puis quoi encore ? Attache ta ceinture, je te dépose au premier commissariat que je trouve.
- Non, ne faites pas ça ! Sinon ils vont me renvoyer chez mon père.
- Tant mieux ! Il y a plein d'enfants qui n'en ont pas.
- Mais le mien me fait mal.
- Attends, ne me raconte pas de salades. Des petits fugueurs comme toi, on en voit tous les jours dans les journaux. Tu vas rentrer chez toi et basta ! À la pro-

chaine sortie d'autoroute, on va chez les flics.

- Non, s'il vous plaît, je ne veux pas y retourner, je ne veux plus revivre ça.

- Bon, de toute façon, tu as un moment avant la prochaine sortie et je suis habitué à entendre toutes sortes de baratins.

Le garçon se renfrogne en s'installant sur son siège, la mine boudeuse.

- Allez, fais pas la tête, je ne voulais pas te vexer. Qu'est-ce que tu lui reproches à ton père ?

- Depuis tout petit il me fait des choses en cachette de ma mère et il lui fait mal aussi après m'avoir enfermé dans ma chambre.

Djibril n'écoute plus. Son esprit s'est enfermé, lui aussi. Il ne veut plus entendre ce que lui raconte cet enfant. De mauvais souvenirs lui reviennent. Il conduit machinalement. Le paysage s'estompe dans le brouillard. Les silhouettes des arbres semblent former des rangs de spectateurs aveugles au bord de l'autoroute. La voix du gamin résonne dans la tête de Djibril, mais il ne l'écoute pas. Il se souvient de ces soirs où son père rentrait du travail fatigué et énervé. Il s'installait devant la télé, sa femme lui apportait une bière, il ne la remerciait pas et lui disait seulement : "Envoie le petit jouer dans sa chambre". La mère de Djibril l'accompagnait alors et lui demandait d'être sage.

Un moment de silence précédait des gémissements, puis les cris de sa mère. Ses parents ne semblaient pas se battre, mais enfant, Djibril se demandait ce qu'ils faisaient. Il n'avait pas le courage d'aller les épier. Trop peur de se faire corriger. Il se contentait de mettre ses mains sur ses oreilles et chantonnait toutes les chansons qu'il connaissait pour ne pas les entendre.

Puis sa mère venait le chercher pour dîner. Elle essayait de faire comme si tout allait bien, mais Djibril voyait bien que quelque chose clochait. Son père dînait devant la télé pendant que Djibril et sa mère mangeaient dans la cuisine. Elle lui posait des questions sur sa journée et il lui racontait l'école, les copains, leurs jeux, etc. Mais elle ne l'écoutait que d'une oreille et, tout en mangeant, allait et venait pour servir son père au salon. Après le repas, elle débarrassait et rangeait, pendant que Djibril allait se brosser les dents et se mettre en pyjama. Une fois au lit, sa mère venait l'embrasser, puis son père venait lui dire bonne nuit.

Djibril redoutait cet insupportable rituel. Son père arrivait dans la pénombre, s'asseyait sur le bord du lit et, sans parler, glissait sa main sous les draps en faisant "chuuut". Djibril était tétanisé. Une fois il avait voulu s'enfuir, mais son père l'avait bloqué et lui avait chuchoté : "Laisse-toi aller. C'est notre petit secret. Si tu le dis à quelqu'un, ta mère et toi vous aurez de gros ennuis. Et puis nous ne faisons rien de mal, je sens bien que ça te plaît." L'haleine alcoolisée de son père dégoûtait Djibril, et ses mains étaient affreusement rugueuses. Avec le temps, Djibril avait pourtant appris à se laisser faire, mais son esprit refusait toujours.

La voiture filait sur l'autoroute dans le brouillard et Djibril sortit de ses pensées quand il entendit l'enfant lui dire : "Vous ne m'écoutez pas, hein ? Comme tous les adultes, vous n'écoutez rien !" Djibril ne répondit pas. Il fit remarquer qu'ils arrivaient à la sortie d'autoroute et le garçon reprit son récit.

Ils approchaient d'un village. Djibril cherchait la gendarmerie et l'enfant continuait de raconter les coups, les attouchements de son père, le sang de sa mère, la peur… Djibril avait envie de se boucher les oreilles. La voix de cet enfant lui rappelait quelqu'un. Son histoire lui rappelait la sienne. Ils arrivèrent enfin devant la gendarmerie. Djibril se retourna. Ce gamin à l'arrière, il le reconnaissait, c'était lui, enfant.

Un gendarme toqua à sa fenêtre.
- Monsieur, vous ne pouvez pas vous garer ici.

Voyant le visage pâle de Djibril et son regard empli de détresse, le gendarme ajouta :

- Ça va monsieur ? Vous avez besoin d'aide ?

- Oui, s'il vous plaît.

Puis, il se retourna pour montrer l'enfant et expliquer la situation au gendarme, mais la banquette arrière était vide. La radio diffusait le bulletin météo : "… et après dissipation des brumes matinales, le ciel s'ouvrira et la journée sera ensoleillée." Le gendarme invita Djibril à le suivre. "Venez monsieur, vous n'avez pas l'air dans votre assiette, à l'intérieur nous serons plus à l'aise et vous pourrez me raconter ce qui ne va pas."

Véra

Dès ses premiers pas sur scène, Véra Devielle brûla les planches. Les autres comédiens et le public étaient subjugués par son jeu et sa beauté. Sa carrière prit un virage international à la sortie de son premier film. La critique était dithyrambique et son fan club atteignit rapidement des centaines de milliers d'adorateurs. Par ailleurs, Véra Devielle menait une vie privée heureuse, la vie de bohème comme on dit, alternant les moments avec les troupes de théâtre, sur les tournages et chez elle à la campagne. Elle y vivait avec son mari musicien, souvent parti en tournée aussi. Ils avaient acheté une vieille ferme décrépite dont toutes les ouvertures grinçaient. La toiture craquait au vent et la cheminée manquait de souffle, mais ils s'y sentaient bien. Leurs carrières étaient exemplaires. Ils étaient parfaitement épanouis et ne manquaient de rien.

Au fil des années, Véra Devielle constata que les maquilleuses prenaient davantage de temps à la préparer. Elles continuaient de vanter sa parfaite beauté, mais s'appliquaient à gommer les traces du temps. Aussi fut-elle très intéressée lorsque son esthéticienne lui parla d'un nouveau procédé : "Il s'agit d'un masque fabriqué à partir de cellules souches de l'épiderme. On peut le porter quand on veut, il s'adapte à votre morphologie et, grâce à une programmation nano-énergétique, reproduit le souvenir du visage désiré." Véra Devielle n'hésita pas un instant. Bien que la fabrication du masque soit hors de prix, elle obtint un rendez-vous pour bénéficier de ce prodige dès que possible. Le fabricant lui conseilla de remonter progressivement le temps. Ainsi, jour après jour, ses fans la virent rajeunir de 30 ans en quelques semaines. Elle avait retrouvé son visage de jeune fille. Sa carrière se poursuivait sans faille. Elle brillait littéralement et son mari rencontrait autant de réussite. Ils emménagèrent dans un building flambant neuf et, de leur terrasse, ils semblaient dominer le monde. Le public les adorait. Véra accumulait les prix dans tous les festivals et il semblait qu'elle flottait, suspendue au firmament de son art. Elle était citée par tous comme la plus belle femme du monde. Tous sauf un. En réalité, son mari connaissait son vrai visage et voyait que le temps ne l'épargnait pas lorsqu'elle ôtait son masque le soir.

Un jour, un détective approcha Véra et lui proposa ses services pour filer son mari qui, d'après lui, vivait une relation avec une jeune femme. Par curiosité, autant que par jalousie, Véra accepta que l'enquêteur mène sa filature. Le mari de l'actrice avait, en effet, rencontré une jeune chanteuse. Le détective confia à Véra une synthèse de ses recherches, photos à l'appui et extraits de conversations téléphoniques, SMS et mails. La jeune maîtresse était une groupie du musicien depuis longtemps et avait pu l'approcher lorsqu'elle avait commencé à se faire connaître comme chanteuse. Elle avait joué en première partie de la tournée de son groupe. Les deux artistes s'étaient croisés dans les loges. Le musicien était tombé sous le charme de la jeune femme et il lui avait envoyé des lettres enflammées. Ils se retrouvaient dès que Véra partait en tournée. Le mari de Véra avait acheté secrètement une petite ferme délabrée dans la campagne où sa maîtresse et lui jouissaient pleinement de leur amour en toute discrétion.

Véra remercia le détective pour son travail, lui confia une dernière mission et prit rendez-vous avec le fabricant de son masque. Quelques semaines plus tard, elle reçut la photo qu'elle attendait : son mari et sa maîtresse au réveil, surpris de se trouver nez à nez face à un petit vieux et une petite vieille !

Les abeilles

de la rédemption

Acte 1

Madeleine venait de prendre sa retraite quand elle rencontra Lucien. Lui aussi approchait de cette phase de la vie tant attendue par nombre de personnes de leur âge. Lucien avait créé son entreprise 28 ans auparavant, il était vitrier. Petit artisan aimant le travail bien fait, il avait beaucoup réfléchi avant de décider de s'arrêter, se demandant à quoi il occupe-rait son temps lorsqu'il ne travaillerait plus. L'idée lui était venue un matin, en réparant un vitrail d'église. On ne lui confiait pas souvent ce type de missions, assurées la plupart du temps par des maîtres verriers spécialisés dans ce do-maine. Mais cette fois, le curé lui avait expliqué que celui à qui il faisait habi-tuellement appel n'était pas disponible. "Et je tiens à ce que l'église soit impec-cable pour la venue de l'évêque dimanche", avait-il ajouté. Lucien aimait ses assemblages de verre et de plomb. Le vitrail en question représentait Ma-rie-Madeleine annonçant aux apôtres la résurrection du Christ. Quelque chose avait fendillé l'image, peut-être une pierre jetée par des gamins d'après le curé, qui espérait que Lucien parviendrait à consolider le verre pour que le vitrail ne se dégrade pas davantage. Lucien avait travaillé méticuleusement comme à son habitude et, au moment de vérifier que tout était en ordre, un rayon de soleil avait fait miroiter le vitrail, comme si la Sainte lui faisait un clin d'œil. C'est à cet instant que Lucien eut l'idée de proposer ses services aux églises pour réparer bénévolement leurs vitraux, maintenant qu'il allait avoir du temps libre.

En sortant de l'église, Lucien était tombé nez à nez, littéralement, avec Madeleine. Cette dernière venait se recueillir et ne s'attendait pas à ce que quelqu'un sorte au moment où elle entrait. Ils s'excusèrent en même temps de cette bousculade involontaire puis, gênée, Madeleine demanda à Lucien si elle ne l'avait pas blessé.

- Non, je vous remercie, tout va bien. Et vous ?

- Oui parfaitement. Et vos plaques de verre ? ajouta-t-elle en montrant le petit stock que Lucien portait sous le bras.

- Pas de souci, tout est en ordre. J'étais venu réparer le vitrail de Marie-Madeleine.

- Oh c'est amusant, je m'appelle Madeleine !

- Et moi Lucien, enchanté.

- Également.

- J'allais déjeuner, ça vous dit que je vous invite pour me faire pardonner de vous avoir bousculée ?

- Pourquoi pas, le plat du jour est généralement bon au bistrot en face. Accordez-moi juste le temps d'aller me recueillir quelques instants comme je l'avais prévu et je vous rejoins.

- Bien sûr, à tout à l'heure.

Lucien entra dans le bistrot et demanda s'il pouvait s'installer à une table dressée pour deux, en précisant qu'il attendait quelqu'un. Le barman lui répondit : "Installez-vous, je vous en prie. Vous souhaitez boire quelque chose en attendant ?" "Un verre de vin s'il vous plaît." Madeleine arriva bientôt, taquinée par le barman : "Salut Mado ! Ton client t'attend". "S'il te plaît, Raymond, rappelle-toi que je suis à la retraite, tu veux bien ?" "Oh ça va, si on peut plus rigoler !" Puis, s'adressant à Lucien, Madeleine ajouta : "Ne faites pas attention à lui, c'est un goujat !"

- Ne vous inquiétez pas, j'ai l'habitude des ambiances de quartier et de travailler avec des collègues encore plus crus lorsque je suis sur des chantiers. Vous faisiez quoi comme métier ?

- J'espère ne pas vous choquer, j'étais prostituée.

- Ça alors, je ne savais pas que les prostituées avaient une retraite.

- Non évidemment, mais à partir d'un certain âge, il faut savoir se retirer pour laisser la place aux jeunes. Alors pour celles d'entre nous qui font carrière, on essaye de mettre de côté de quoi subvenir à nos vieux jours. Ça vous étonne ?

- Je vous avoue que je ne m'étais jamais posé la question, mais je n'imaginais pas que vous pouviez gagner de l'argent au point d'économiser.

- Toutes les filles ne le peuvent pas. Celles qui sont enfermées dans des réseaux ou attachées à un proxénète n'ont généralement pas cette possibilité. Certaines indépendantes comme moi ont plus de chance.

- Mais j'imagine que vu les risques du métier, toutes ne parviennent pas à cet âge où elles pourraient prétendre profiter de ce temps de repos.

- Vous avez raison. Et pourtant il serait amplement mérité. Mais ne passons pas le repas à parler de ça, voulez-vous ? Dites-moi plutôt ce que vous faites dans la vie.

- Je suis vitrier et je serai bientôt en retraite aussi.

- Et qu'allez-vous faire lorsque vous ne travaillerez plus ?

- Ce que j'ai fait ce matin m'a donné envie de proposer aux églises de réparer leurs vitraux abîmés. Et vous, à quoi occupez-vous votre retraite ?

- Je suis apicultrice.

- Décidément, vous êtes pleine de surprises !

- Il y a pourtant de plus en plus de femmes qui exercent.

- Et vous avez beaucoup d'abeilles ?

- Disons qu'avec une vingtaine de ruches elles sont entre 200 000 et près d'1 million selon les saisons.

- Mazette ! Ça doit en faire du miel !

- Oui, l'année dernière j'ai produit 350 kilos.

- Vous ne devez pas vous ennuyer.

- Oh vous savez, ça m'occupe à peine la moitié de mon temps, mais c'est surtout un plaisir de voir toutes ces travailleuses butiner et polliniser.

Pendant que Madeleine et Lucien font connaissance, le serveur apporte les entrées : "Mesclun, chèvre mi-cuit et figues confites pour Madame, et voici le tartare de Monsieur. Bonne dégustation".

Lucien s'étonne du service classieux qui tranche avec la familiarité du barman.

Madeleine confirme :

- Ils m'amusent ces deux-là, d'autant plus qu'ils vivent ensemble ! J'imagine l'ambiance à la maison.

Lucien rit de bon cœur, puis tous deux savourent leur plat en silence. Il ne peut s'empêcher de contempler le regard lumineux de Madeleine. Ses yeux éclairent son visage, un peu marqué par le temps, mais son teint hâlé lui donne un air de vacancière. Elle sent que Lucien la regarde, mais fait mine de ne pas s'en rendre compte. Elle, ce sont les mains de Lucien qui la fascinent. Elle en a vu des mains. Elle ne saurait dire combien se sont posées sur sa peau, mais celles de Lucien semblent à la fois fortes et douces. Le serveur les sort de leur rêverie : "Puis-je vous débarrasser ?"

- Oui merci, c'était délicieux. répondent-ils en cœur.

Le serveur repart avec les couverts et, avant qu'il ne revienne avec la suite, Lucien reprend la conversation :

- Vous avez l'air chez vous ici.

- Oui, je vis dans le quartier depuis que j'ai commencé à travailler et maintenant que je suis à la retraite, je continue de vivre ici. Je connais tout le monde. Les habitants du quartier sont un peu ma famille.

- Et vos ruches ?

- La plupart sont à la campagne, mais j'en ai quelques-unes ici, sur des toits. Je vous montrerai si ça vous intéresse.

- Avec plaisir.

- Et vous, vous habitez où ?

- En banlieue, j'ai un petit atelier, et je vis au-dessus.

Le serveur interrompt de nouveau la conversation :

- Les blanquettes, messieurs dames.

- Merci Charlie, on va se régaler, commente Madeleine.

Les rayons du soleil filtrent à travers les dentelles des rideaux et font scintiller la fumée qui s'élève des assiettes.

- Mmmmh, c'est bon mais c'est chaud, s'exclame Lucien.

- Je vous l'avais dit qu'on mange bien ici.

Et le repas se poursuit dans cette bonne humeur qui caractérise les rencontres. Lorsque l'église sonne deux heures de l'après-midi, Madeleine demande à Lucien s'il doit retourner au travail.

- Non, depuis quelques semaines je prends mon vendredi après-midi pour m'habituer à moins travailler.

- Alors je peux vous emmener voir les

abeilles si vous voulez.

- Allons-y !

Lucien remercie Raymond et Charly pour la qualité du repas et du service, puis règle l'addition. Madeleine lui précise que ses ruches sont à deux pas. Ils traversent la place et se dirigent vers le centre culturel.

- Comme le toit est plat, c'est pratique pour installer les ruches. Et puis, de nombreuses plantes mellifères poussent dans le parc voisin.

Madeleine ouvre la porte du bâtiment et invite Lucien à entrer. Ils montent un premier escalier, puis un deuxième et accèdent à la terrasse.

Trois ruches colorées sont alignées près du bord du toit, survolées par de nombreuses abeilles. Madeleine vérifie que Lucien n'a pas d'appréhension.

- Vous n'êtes pas allergique au fait ?

- Pas à ma connaissance. Elles ont l'air bien ici.

- Oui, presque mieux qu'à la campagne car il y a moins de pesticides. Et, pour les protéger du vent et du soleil, nous avons installé des arbustes.

- J'ai entendu dire que les abeilles meurent en masse à cause des produits chimiques.

- C'est vrai. Il y a d'autres causes de mortalité des abeilles et des insectes en général : des virus, des prédateurs, des parasites, etc. Mais les pesticides sont une des principales raisons de la diminution des populations. Ces produits détruisent notamment le système nerveux des abeilles.

- Il paraît même que sans les abeilles, l'humanité ne survivrait pas.

- C'est ce qu'on dit, car sans les insectes pollinisateurs, certains fruits et légumes n'existeraient plus, à moins que les hommes ne les pollinisent à la main, comme on le voit déjà dans certains pays.

- Pourtant, l'usage de plusieurs produits a été interdit en Europe, non ?

- Oui, mais les gouvernements ne respectent pas forcément la législation et rien ne semble pouvoir combler l'appétit des multinationales qui produisent ces poisons.

- Vous êtes certaine qu'on ne peut pas les neutraliser ?

- Malheureusement, ni les procès ni les actions militantes n'ont été efficaces pour le moment.

- Peut-être que tout n'a pas été tenté.

- Comment ça ?

- Vous savez Madeleine, je n'ai pas toujours été vitrier.

- Vous m'intriguez, qu'est-ce que vous essayez de me dire ?

- Eh bien, disons que j'ai choisi cette reconversion le jour où je suis devenu père.

- Et que faisiez-vous avant ?

- Je braquais des banques.

- Quoi ? Vous étiez gangster et vous dites que je suis étonnante ? C'est plutôt vous qui ne manquez pas de surprises !

- Oui vous avez raison. Nous venons de faire connaissance, mais soyez rassurée, je n'ai rien d'autre à cacher. Mon fils est adulte maintenant et sa mère nous a quittés quand il était étudiant.

- Oh j'en suis désolée. En tout cas, vous ne gardez pas longtemps vos secrets.

- C'est que je sens que je peux me fier à vous.

- On me l'a souvent répété. Sans doute une déformation professionnelle, parfois mes clients me racontaient des histoires qu'ils ne partageaient avec personne d'autre. Enfin, c'est ce qu'ils prétendaient. Et contrairement aux idées reçues, les prostituées savent se taire. Mais dites-moi Lucien, vous avez une idée en tête ?

- Oui, peut-être pourrions-nous démanteler les réseaux de production de pesticides, qu'en pensez-vous ?

- J'en pense que vous êtes fou ! Mais j'aimerais qu'un tel projet soit réalisable.

- Et pourquoi pas ?

Pendant que les esprits de Madeleine et Lucien s'échauffent, les abeilles qui les entourent poursuivent leur ballet autour des ruches. Lorsqu'elles se posent sur les plates-formes, elles effectuent leur danse pour indiquer à leurs sœurs la direction à prendre pour trouver des fleurs à butiner. Leur message pourrait s'arrêter là, mais un œil averti s'apercevrait qu'elles ajoutent des informations inhabituelles. Bientôt, le bruit court dans les ruches que le fléau qui s'abat sur elles depuis des années pourrait être éradiqué. Des ouvrières diffusent même l'information que la femme qui les soigne a trouvé un allié pour les aider.

Après avoir expliqué à Lucien le fonctionnement des ruches, Madeleine lui propose de laisser les abeilles poursuivre leurs travaux sans eux. Puis ils se quittent, ravis de s'être rencontrés et se promettent de se revoir.

Quelques jours plus tard, Lucien retourne au bistrot où il a rencontré Madeleine. Cette dernière ne tarde pas à arriver et, après avoir salué Raymond et Charly, elle rejoint Lucien.

- Heureuse de vous revoir. Je me demandais si vous alliez revenir. Comment allez-vous ?
- Bien et vous ?
- Parfaitement merci. Mais dites, ça vous ennuierait qu'on se tutoie ?
- Non bien sûr. Tu veux boire quelque chose ?
- Volontiers. Charly, un café s'il te plaît.
- Écoute Madeleine, j'ai pas mal réfléchi

depuis notre discussion concernant les menaces qui pèsent sur les abeilles. Je me suis renseigné sur le sujet et je pense que si nous parvenions à maîtriser les systèmes de sécurité des usines de production, nous pourrions supprimer le mal à sa source.

- Rien que ça ?

- Je sais, ça paraît dingue, mais j'ai déjà réussi à entrer dans pas mal d'endroits. À l'époque les systèmes étaient plus simples mais avec l'aide d'un bon informaticien, on mettrait toutes les chances de notre côté.

Acte 2

Calune Hardie n'en croit pas ses antennes. Depuis qu'elle a intégré la brigade des éclaireuses, elle n'a jamais rien entendu d'aussi excitant. Elle a une furieuse envie de danser, faire des huit en boucle, à en avoir le tournis. Mais elle doit rester attentive. Les anciennes avaient donc raison. Le mal qui dévaste les ruches depuis des décennies est bien lié aux hommes. Calune Hardie est chargée de suivre celle qui s'occupe de sa ruche. Sa cheffe, Prune Agile, lui a recommandé la plus grande discrétion. Alors Calune observe Madeleine et Lucien à distance raisonnable pour pouvoir lire sur leurs lèvres. Petite, on l'appelait "Langue Pendue", parce qu'elle rapportait toutes les conversations qu'elle entendait. Les éclaireuses ont vite repéré cette jeune ouvrière et l'ont formée pour cultiver ses dons. La lecture labiale est une des bases du renseignement de la ruche. Les informations sont systématiquement transmises à la reine Avellana qui envoie des messagères aux autres reines lorsque des décisions importantes s'imposent. C'est ainsi qu'elles ont réussi à repousser l'attaque des frelons asiatiques. Mais c'est une autre histoire. Calune continue de surveiller Madeleine et Lucien pour accumuler un maximum d'informations. Ils appellent le serveur.

- Charly, tu es plutôt doué en informatique, n'est-ce pas ? demande Madeleine.

- Ça dépend pour quoi.

- On aimerait neutraliser un système de sécurité, précise Lucien.

- Vous avez des loisirs surprenants… Je finis mon service dans un quart d'heure. Retrouvez-moi au parc, on sera plus à l'aise pour discuter.

Calune file prévenir Prune, et toutes deux rejoignent le point de rendez-vous pour poursuivre l'écoute des projets des trois humains. Elles se postent dans les branches d'un châtaignier au-dessus d'eux. Madeleine est en train d'expliquer le plan de Lucien à Charly.

- …et dès que nous serons dans le bâtiment, je ferai diversion pour que le gardien ne s'occupe pas de ce que fait Lucien. Alors, tu penses pouvoir nous aider ?

- Ça devrait le faire. Je vais étudier la chose et je vous tiens au courant.

- On aurait besoin d'un chauffeur aussi, ajoute Lucien.

- Raymond était dans les forces spéciales avant de se reconvertir en barman. Il a gardé quelques réflexes en termes d'organisation d'opération à risques. Je peux lui demander de se joindre à nous, si vous voulez.

- Oh merci Charly, je savais que nous pourrions compter sur vous, conclut Madeleine.

Calune et Prune laissent les humains se séparer et retournent à la ruche faire leur rapport.

La reine Avellana écoute attentivement les deux espionnes puis déclare :

- Merci pour votre travail. Continuez de surveiller nos amis. Prévenez-moi si vous pensez que nous devons intervenir.

- À vos ordres, votre Altesse.

Les deux abeilles retournent à leur poste et, quelques jours plus tard, Charly informe Madeleine et Lucien qu'il est prêt.
- Ça n'a pas été facile, mais j'ai trouvé une faille. Je peux stopper le système et le rebooter quelques minutes après, sans que quiconque s'en aperçoive. Le seul problème est que les caméras s'arrêtent pendant un instant et que le gardien le verra s'il est devant les écrans.
- Je me charge du gardien, affirme Madeleine.

Raymond intervient :
- Je vous propose d'opérer le lundi de Pentecôte. Personne ne travaille ce jour-là et les gardiens sont en général moins vigilants le jour que la nuit. Je vous déposerai près de l'enceinte et je reviendrai vous chercher cinq minutes après.

Calune et Prune ne perdent pas une miette des explications du barman et mémorisent le plan sur lequel sont penchés les quatre humains.
Lucien poursuit :
- Pendant que Madeleine occupera le gardien, j'irai saboter les machines.

- On va bien s'amuser ! ajoute Madeleine.

Le jour venu, les deux abeilles s'installent dans la voiture conduite par Raymond. Charly est resté devant son ordinateur, prêt à déclencher l'attaque. Madeleine vérifie son maquillage dans le miroir du pare-soleil. Lucien, sur la banquette arrière, repasse le plan dans sa tête. Il n'écoute pas Raymond raconter comment il a réussi à emprunter à un ami sa *Chevrolet Bumblebee* en lui promettant de ne pas dépasser les 300km/h. Calune avoue à Prune qu'elle a du mal à imaginer voler à cette vitesse. De toute façon, Raymond conduit raisonnablement pour ne pas attirer l'attention. La carrosserie jaune barrée de noir est déjà bien assez voyante. À proximité des bâtiments, il dépose Lucien à l'abri des caméras, suivi de Prune puis, comme convenu, quelques mètres avant l'entrée, Madeleine sort de la voiture. Elle approche du portail en se caressant les cheveux, sonne à l'interphone, puis prend la pose devant la caméra. Calune observe attentivement la scène.

- C'est pour quoi ? demande une voix nasillarde.
- Devine, chéri ! répond Madeleine, mielleuse.
- Nous sommes fermés aujourd'hui, revenez demain.
- Je sais mon chou, mais tes collègues m'ont dit que tu apprécierais un peu de compagnie.
- Les visites ne sont pas autorisées.
- Allons, tu ne vas pas refuser un petit cadeau de tes amis quand même ?
Un silence lui répond. Madeleine rajuste son bustier. Un grésillement se fait entendre et le portail s'ouvre.
- C'est bon, entrez.

Madeleine, équipée comme ses comparses d'un micro fourni par Raymond, chuchote : "Messieurs, je reprends du service".
De son côté, Lucien plaque une ventouse sur une porte vitrée et s'apprête à la découper, en attendant le feu vert de Charly.

Le gardien accueille Madeleine à l'entrée du bâtiment.

- Entrez, Madame.

Les yeux de Calune enregistrent chaque détail : le gardien qui suit Madeleine, son regard qui se pose sur les jarretelles apparaissant sous la mini-jupe, le déhanché qui lui rappelle la danse des ouvrières de la ruche… mais l'abeille ne laisse pas son esprit divaguer et reprend sa filature. L'homme indique à Madeleine où aller. Ils s'installent au poste de contrôle et Madeleine s'approche de lui en caressant ses bras.

- Ça vous dit qu'on danse un peu ?
- Heu, pourquoi pas, hésite le gardien.
Elle lance la musique sur son téléphone, un slow langoureux, puis enlace l'homme en le flattant.

- Vos collègues ne m'ont pas menti, vous êtes bel homme.
- Vous êtes charmante aussi, dit-il, en l'enlaçant.
Les deux corps se frôlent et tournent lentement. Lorsque le gardien est dos aux écrans de contrôle, Madeleine ajoute.

- Votre parfum m'enivre, vous êtes envoûtant.

C'est le message convenu avec Charly pour qu'il sache quand neutraliser le système de sécurité.

- Reçu 5 sur 5, le programme est lancé, déclare-t-il à l'attention de Lucien.

Ce dernier découpe la vitre et se faufile dans les locaux. Suivant le plan qu'il a soigneusement mémorisé, il se dirige vers la salle de production et y dépose des charges explosives. D'après les calculs de Raymond, l'ensemble devrait sauter deux minutes après leur départ, et l'explosion ne devrait pas endommager le poste du gardien, lui laissant le temps de sauver sa peau. Pour le moment, elle frémit, sa peau. Madeleine a passé ses mains sous sa chemise et caresse son dos et ses reins, tout en dansant lentement. Calune pense à ce que Tinus, son ami bourdon, lui a raconté à propos du vol nuptial des abeilles, mais encore une fois, elle reprend son observation et admire le sang froid de l'apicultrice. Cette dernière détache la ceinture du gardien et l'enroule autour de ses mains.

- Tes collègues m'ont dit que ça t'exciterait si je t'attache, mon beau, comme ça

tu ne pourras pas m'échapper, lui su-
surre-t-elle, en lui mordillant l'oreille.

L'homme se laisse faire et Madeleine
l'assoit dans son fauteuil en lui attachant
les mains derrière le dossier. Puis elle
dégrafe son pantalon et le baisse jusqu'à
ses chevilles.

Pendant qu'elle le toise de son regard de
braise, elle entend la voix de Charly dans
son oreillette : "Plus que trois minutes, il
faut y aller". Madeleine retire ses talons
hauts et les jette au gardien en disant :

- Je te les laisse, comme ça tu seras sûr
de ne pas avoir rêvé !

- Quoi ? C'est une blague ?

Et l'homme voit ses désirs s'envoler
quand Madeleine part en courant. Pas-
sée la surprise, il essaie de se détacher.
Pendant ce temps, Madeleine enjambe
le portail et s'engouffre dans la voiture
où Lucien est déjà installé. Calune et
Prune ont retrouvé leur place sur la
plage arrière, et la voiture démarre en
trombe. L'instant d'après, la voiture est
déjà loin quand une série d'explosions
retentit derrière eux, créant un feu d'ar-
tifice dont le souffle fait voler en éclat
les vitres des bâtiments voisins. Le gar-

dien parvient à se détacher et quitte les lieux après avoir déclenché l'alarme.

Dans la *Chevrolet*, la joie des passagers éclate, sous le regard reconnaissant des deux abeilles. Arrivés au bistrot, Charly saute dans les bras de Raymond, Madeleine dans ceux de Lucien, et ils se mettent à danser autour des tables avant de s'affaler sur les chaises, épuisés par tant d'émotions. Raymond retrouve suffisamment d'énergie pour proposer : "Champagne pour tout le monde !"

Le lendemain, les journaux consacreront leur une à l'explosion. Les commentaires des experts se succéderont à la télé et à la radio. Accident pour les uns, problème de sécurité pour d'autres, la préfecture n'écartera pas la piste terroriste. Le ministère de l'environnement multipliera les annonces rassurantes quant à la pollution engendrée par l'incendie, minime d'après les analyses. Les messages contradictoires afflueront sur les réseaux sociaux : s'entremêleront la peur des inconscients, la colère des détracteurs et les félicitations des activistes.

En attendant, les abeilles sont impressionnées par le courage et la détermination de Madeleine et de ses amis. La reine Avellana, après avoir écouté le rapport détaillé de Calune et Prune, annonce qu'elle va s'entretenir avec ses sœurs des ruches voisines pour convenir d'une position commune.

Pendant ce temps, Lucien boit sa dernière gorgée de champagne et demande :

- Quand est-ce qu'on y retourne ?

- Dès que possible, enchaîne Madeleine.

- Vous avez raison, poursuit Charly, nous devons profiter de l'effet de surprise.

- Cette fois nous agirons de nuit, déclare Raymond. Et Madeleine devra rester cachée. Son portrait robot doit déjà être affiché dans tous les commissariats et toutes les gendarmeries.

- Je mettrai une cagoule s'il le faut, mais vous ne pensez quand même pas que vous allez vous amuser sans moi !

- Ok pour moi. Charly, quand penses-tu pouvoir neutraliser une nouvelle cible ? demande Lucien.

- J'ai tout ce qu'il faut, car j'avais prévu

plusieurs plans B. On peut attaquer dès ce soir.

- Alors ne perdons pas de temps, lance Raymond, on checke le matériel et on y va.

Plans, micros, explosifs, etc. Les quatre amis rassemblent ce dont ils ont besoin et préparent leur stratégie.

Cette fois Calune et Prune ne peuvent assister à l'action, car leur vision nocturne est insuffisante. Elles regardent donc les quatre humains sortir du bistrot à la nuit tombée et retournent à la ruche attendre patiemment.

La voiture roule sur l'autoroute. Une pluie fine éclabousse le pare-brise. Raymond, Madeleine et Lucien sont silencieux. Concentrés sur leur objectif. La pluie s'intensifie. Charly les informera quand le système de sécurité sera coupé. Raymond fera diversion en lançant une grenade devant le poste de contrôle. Lucien devra agir plus vite, car les forces de police seront immédiatement prévenues. Qu'à cela ne tienne, ils sont déterminés et Raymond est prêt à foncer. Il dépose Lucien et Madeleine au bord de l'enceinte, sous une pluie battante, au plus près du bâtiment, puis file lancer sa bruyante diversion. Surpris par l'explosion, le gardien sort voir ce qui se passe et Charly informe ses comparses que la voie est libre. Madeleine et Lucien ouvrent le grillage avec des tenailles puis courent sous l'averse pour entrer dans les locaux. Ils ne prennent pas le temps de découper de vitre cette fois et brise simplement une porte-fenêtre pour entrer plus rapidement. À l'intérieur, ils se répartissent l'installation des explosifs et filent aussi vite qu'ils sont entrés. Dehors, Raymond les attend, et la voiture accélère avant même qu'ils aient attaché leur ceinture.

Soudain, une voiture de police surgit et les prend en chasse. L'explosion surprend les poursuivants mais les deux véhicules foncent comme si les flammes allaient les attraper. Pied au plancher, Raymond tente de semer les policiers, mais ces derniers collent au pare-choc de la *Chevrolet* dans les rues de la zone industrielle. Raymond enchaîne les accélérations. Le compteur s'affole. Le moteur rugit. La voiture prend des virages serrés. Dans les lignes droites, les policiers s'éloignent dans le rétroviseur. Des gerbes d'eau jaillissent de chaque côté de la voiture. Raymond accélère encore et gagne bientôt du terrain en rejoignant la nationale. Les policiers décrivent le bolide mais n'arrivent pas à le suivre. Les trois amis ne crient cependant pas victoire, et Raymond choisit d'emprunter des axes secondaires pour éviter les barrages de police. Dans une forêt, ils garent la voiture près d'une piste forestière et la cachent derrière des buis. Charly les repère avec son GPS et propose un point de rendez-vous assez éloigné des voies les plus fréquentées. Ils en sont quittes pour marcher un moment sous la pluie.

Prologue

Le lendemain, sous un soleil promet-
teur, la reine Avellana et ses sœurs des
autres ruches tiennent conseil, dans les
branches d'un acacia du parc.

- Des messagers ont été dépêchés dans
toutes les directions pour informer les
autres colonies de la situation, annonce
Avellana.

Castanea, la reine de la ruche voisine,
poursuit :
- Les réponses de nos sœurs confirment
notre décision : l'ensemble des reines
soutient l'action des humains. Nos éclaireuses ont surveillé les installations qui
ressemblent à celles que Madeleine et
ses amis ont détruites. Nous avons suffisamment emmagasiné d'informations
pour passer à l'action.

Tillia, reine de la troisième ruche, com-
plète :
- Nous constatons que l'affaire fait

grand bruit chez les hommes. La population manifeste pour soutenir nos amis. Des milliers de personnes défilent dans les rues. D'autres groupes se forment et démantèlent les usines de production d'insecticides. Nous avons également appris que des chercheurs mettent au point un langage des signes pour nous aider à communiquer avec eux.

- Merci pour ces bonnes nouvelles, conclut Avellana. La séance est levée. Retournons à nos ruches pour envoyer nos éclaireuses veiller sur nos amis.

Calune et Prune retrouvent Madeleine et Lucien au moment où ils se préparent à une nouvelle action. Cette fois, ils se sont alliés à d'autres groupes d'activistes pour démanteler un gros site. Les deux éclaireuses ont embarqué dans un mini-bus avec leurs amis et d'autres humains. Trois autres véhicules les suivent. Les oreillettes de chaque équipier diffusent la voix de Raymond :
- Je vous rappelle que nous devons agir vite. Chacun sait ce qu'il doit faire. Bonne chance à tous.

Un premier groupe s'arrête le long du grillage. Puis les autres véhicules se répartissent de chaque côté de l'enceinte. Enfin, Charly donne le feu vert :

- La sécurité est hors service, vous pouvez y aller.

Des silhouettes cagoulées sortent rapidement des minibus. Les premiers coupent les grillages. Les deuxièmes entrent et filent vers les bâtiments pour préparer l'intrusion. Les derniers portent les explosifs et s'engouffrent dans les locaux pour les disséminer dans les installations. L'opération est parfaitement orchestrée. Quelques instants plus tard, tous se replient vers les véhicules. Mais avant d'arriver, des voitures de gendarmerie arrivent et entourent les minibus. Une voix sort d'un haut-parleur :

- Mains en l'air, vous êtes cernés !

Au même instant, des nuées d'abeilles s'abattent sur les gendarmes, et les activistes s'enfuient pendant que les installations explosent.

Pendant ce temps, d'autres abeilles conversent en langage des signes avec des humains. Ils décident de porter le coup de grâce. Partout, les dirigeants et gros actionnaires des principales firmes sont attaqués par des essaims entiers. Les cardiaques et les claustrophobes ne supportent pas d'être enveloppés par des dizaines de milliers d'abeilles. Les asthmatiques et les allergiques ne résistent pas longtemps non plus. Les plus coriaces nécessitent de nombreuses piqûres avant de succomber, faisant beaucoup de victimes chez les abeilles qui laissent leur dard et meurent au combat. Mais ce sont des volontaires kamikazes, dont les jours sont comptés car leur système nerveux est dégradé par les néonicotinoïdes. Leur dernier acte est considéré comme héroïque et les ruches bourdonnent à leur mémoire à la fin de chaque opération.

En seulement quelques jours, la production des phytosanitaires est anéantie. Au lendemain de l'annonce de la destruction du dernier lieu de production, Madeleine et ses amis pique-niquent à l'ombre des arbres du parc. De nombreux groupes célèbrent la victoire, survolés de nuées d'abeilles dansant dans le ciel. Lucien contemple Madeleine qui irradie de bonheur.

Les rayons du soleil filtrent à travers les branches du châtaignier. Un trait de lumière vient éclairer le regard de l'apicultrice, comme un clin d'œil.

Benoît Houssier invente des histoires depuis toujours et en écrit depuis plus de 10 ans. La vie, la mort, l'amour et l'humour noir palpitent dans ses aventures. Au fil des pages, des personnages très attachants croisent des ordures. L'action se passe dans des situations très réelles ou des univers fantastiques, où se glisse parfois un grain de folie.

Du même auteur :

Empreintes, recueil de nouvelles
novembre 2017
Éditions BoD – Books on Demand
ISBN : 978-2-322-10014-9

Mémé Justice, petit roman policier
novembre 2018 – Éditions BoD
ISBN : 978-2-322-08999-4

Libérez la page blanche ! Jeux d'écritures
novembre 2018 – Éditions BoD
ISBN : 978-2-322-16618-3

Recueils de poésie édités à compte d'auteur par Benoît Houssier,
illustrés par Maud Morel
et imprimés en 90 exemplaires :

Peu avant l'ombre,
poésies et proses libres
imprimé par Scopie à Toulouse
Novembre 2021

Du temps à l'espace
imprimé par Pixartprinting
Novembre 2022

Livres jeunesse :

Quête à rebours,
un conte presque merveilleux
août 2019 – Éd. BoD à partir de 9 ans
ISBN : 978-2-322-03201-3

Sauvetage, illustré par Michèle Caranove
nov. 2020 – Éd. BoD à partir de 8 ans
ISBN : 978-2-322-27440-6

Interdit de rêver, dystopie fantastique
juin 2021 – Éd. BoD à partir de 10 ans
ISBN : 978-2-322-26922-8

À paraître :
Émotions écrites, pistes d'écriture
à explorer seul ou en ateliers

Pulsions textuelles
Imprimé à compte d'auteur
© 2023 Benoît Houssier
Relu et corrigé par Nelly Nivoix
Édition : BoD – Books on Demand,
info@bod.fr
Impression : BoD – Books on Demand,
In de Tarpen 42, Norderstedt
(Allemagne) Impression à la demande
ISBN : 978-2-3224-8664-9
Dépôt légal : juillet 2023